RÉPUBLIQUE OCCIDENTALE

Ordre et Progrès.
Vivre au grand jour.
Vivre pour autrui.

LETTRE

À

M. MIGUEL LEMOS

ET A TOUS CEUX QUE RÉUNIT AUTOUR DE LUI
L'AMOUR DE L'HUMANITÉ,

PAR

Le Dr Georges AUDIFFRENT

L'UN DES EXÉCUTEURS TESTAMENTAIRES D'AUGUSTE COMTE

PARIS

63, RUE CLAUDE-BERNARD

—

1887

Nonante-neuvième année de la Grande-Crise.

RÉPUBLIQUE OCCIDENTALE

Ordre et Progrès. Vivre pour autrui.
Vivre au grand jour.

LETTRE

À

M. MIGUEL LEMOS

ET A TOUS CEUX QUE RÉUNIT AUTOUR DE LUI L'AMOUR DE L'HUMANITÉ,

PAR

Le Dr Georges AUDIFFRENT

L'UN DES EXÉCUTEURS TESTAMENTAIRES D'AUGUSTE COMTE

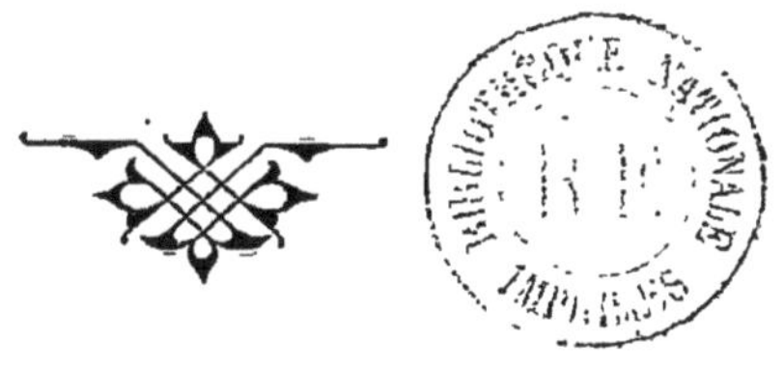

PARIS

63, RUE CLAUDE-BERNARD

—

1887

Nonante-neuvième année de la Grande-Crise.

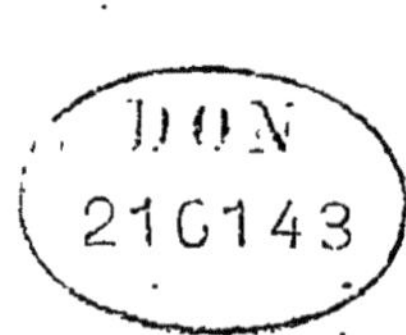

*A M. Miguel Lémos, et à tous ceux que réunit
autour de lui l'amour de l'Humanité.*

Mon cher Confrère,

En voyant finir cette stérile année, si grosse cependant de danger
pour l'avenir, ma pensée s'arrête avec satisfaction au milieu de vous.
Le spectacle que nous présente au delà des mers le petit groupe de
fidèles qui vous entourent est bien fait pour soutenir nos efforts et
reposer nos cœurs des déchirements de la lutte. Si nous devons y
chercher des encouragements, nous pouvons aussi y trouver de salu-
taires enseignements. Les heureux résultats qu'a déjà réalisés parmi
vous une foi qui rassure les esprits et relève les courages, nous en
montrent toute l'efficacité pour le rapprochement des humains. Notre
vieille Europe, que l'épuisement de toutes les antiques doctrines qui
ont servi jusqu'ici à la diriger laisse dans le plus profond désarroi,
se rassurerait peut-être si elle pouvait les connaître. Mais le spectacle
si rassurant que vous offrez à nos yeux nous oblige à faire un retour
sur nous-mêmes. N'avons-nous pas lieu, en effet, d'être surpris, alors
que vous marchez si hardiment dans les voies nouvelles, que nos pré-
dications soient jusqu'à ce jour restées sans effet, qu'elles n'aient
point ouvert les oreilles à ceux qui, par leur position, par leur haute
moralité, par leur instruction même, devaient être disposés à accueillir
favorablement une doctrine qui s'est toujours montrée si apte à concilier les exigences de l'esprit et les besoins du cœur? Ce qui, pour la
plupart de nos contemporains, peut être un sujet d'étonnement, n'en
sera pas un pour ceux qui voudront, avec nous, étudier la situation
exceptionnelle où s'est trouvé le positivisme depuis la mort de son
fondateur, soit par le fait des fautes commises par ses propres propa-

gateurs, soit par la résistance du milieu où il est appelé à se développer.

On reconnaît communément aujourd'hui que, sous l'influence d'une haute personnalité, le positivisme a perdu tout caractère religieux et n'a été présenté au public que sous son aspect intellectuel. Il eût été difficile sous ces dehors de reconnaître ses aptitudes à régler et à rallier. C'est à cette déviation qu'il était naturel d'attribuer tout d'abord les retards de la propagande et c'était, en effet, la supposition la plus plausible à faire.

De grands efforts ont été faits par les disciples restés fidèles aux enseignements du maître pour ramener à la voie délaissée. Ils n'ont abouti, hélas! qu'à discréditer davantage un faux directeur et à faire ressortir toute son insuffisance. C'est que la scission survenue parmi ceux qui se trouvaient rapprochés à la mort d'Auguste Comte était le fait de la diversité de leurs natures, les unes purement intellectuelles, les autres essentiellement religieuses. Sa persistance actuelle ne saurait donc surprendre personne, et M. Laffitte pourra compter pendant longtemps encore sur le concours de ceux dont il personnifie si bien l'état mental.

A la suite de la déplorable déviation qu'il a subie, le positivisme est réduit, qu'on me permette le mot, à marquer le pas dans un milieu où, pourtant, il est de plus en plus réclamé, et cela malgré la grande activité développée par la plupart de ses partisans, malgré de nombreux sacrifices de temps et d'argent que peu d'écoles socialistes contemporaines se sont, au même degré, imposées. N'y a-t-il pas à cela d'autres causes que le désaccord survenu parmi ses propagateurs qui arrêtent son action?

Sans doute, on aurait pu arriver à des résultats plus satisfaisants que ceux qui ont été obtenus, si l'on s'était toujours conformé aux enseignements du maître, aux indications de sa dernière œuvre et aux injonctions de son testament, qui, toutes, disons-le, ont été méconnues après sa mort.

Quoique peu nombreux, ses disciples pouvaient déjà constituer un parti gouvernemental, à la fois conservateur et progressiste, qui eût pu fournir, en temps opportun, des solutions aux hommes d'État occidentaux, éclairer l'opinion sur toutes les questions pendantes, tout en continuant à présenter sous son vrai jour la doctrine régénératrice. N'eût-on pas triomphé des résistances anarchiques ou rétrogrades, ce qui était plus que probable, qu'on n'eût pas moins fait ce qui était à faire, et aujourd'hui, la religion de l'Humanité, tirée de ses langes, se montrerait dans tout son épanouissement.

Sans vouloir décharger de leur responsabilité ceux qui, dans leur enseignement ou leurs écrits quelconques, ont méconnu le vrai caractère du positivisme, il n'est pas moins certain, ainsi que vous l'avez si bien senti, mon cher confrère, que l'état, si déplorable pour la raison humaine et les cœurs sensibles où se trouve le milieu français et surtout le milieu parisien, a constitué un puissant obstacle à son installation. Quel crédit auraient trouvé, en effet, autour d'eux, nos dissidents, en des temps plus favorables, si les natures vraiment religieuses, et il y en a encore parmi nous, justement alarmées par le débordement des sophismes anarchiques, si les masses féminines et même prolétaires, au nom de leurs plus légitimes aspirations, de plus en plus méconnues, avaient demandé à ces prétendus continuateurs du grand novateur de leur frayer de nouvelles voies, de se substituer à des directeurs impuissants ou insuffisants? Est-ce avec leurs vaines déclamations en Sorbonne ou ailleurs qu'ils auraient rassuré tant d'âmes inquiètes, tant de cœurs lésés, soulagé tant de souffrances impatiemment endurées? Les vrais disciples d'Auguste Comte n'auraient eu qu'à se montrer pour dissoudre une coalition dont la persistance n'a de raison d'être que dans les malheurs des temps et dans l'absence de toute opinion publique. Ce n'est donc pas à la seule déviation de certains disciples d'Auguste Comte, je le répète, qu'il faut attribuer notre état stationnaire. Il importe de nous en convaincre pour ne point dépenser notre plus grande activité dans une lutte stérile.

Ce qui se passe parmi vous, mon cher confrère, ne peut d'ailleurs que confirmer mon opinion à cet égard. Sur un terrain à peu près préservé de nos sophismes, où la science académique n'a pas encore troublé les esprits, où les grandes traditions féodales sont loin d'être effacées, où la culture catholique, malgré l'épuisement du dogme, offre encore un aliment au cœur et à l'imagination, le positivisme n'a eu, pour ainsi dire, qu'à se montrer pour faire fortune. Nos journaux étonnés nous apportent les échos lointains de votre prédication.

En nous annonçant, soit dit en passant, que c'est parmi les populations méridionales, restées nominalement catholiques, que le positivisme jetterait ses premières racines, le philosophe contemporain ne s'était donc pas trompé ; aussi toutes ses dispositions avaient-elles été prises pour favoriser un mouvement dans le sens indiqué par lui. Mais il ne pouvait prévoir qu'après sa mort, aux difficultés extérieures, qu'il connaissait parfaitement, viendraient s'ajouter des dissensions intérieures, et que les disciples qui lui paraissaient le plus attachés à sa personne se déchireraient un jour entre eux. Ceux qui repoussaient le positivisme comme religion s'étaient depuis longtemps éloignés ; autour de lui on semblait l'accepter unanimement avec son grand caractère religieux. D'ailleurs, ai-je déjà dit, par son testament et les prescriptions de sa dernière œuvre, il pourvoyait à tout et donnait le moyen d'éviter toute déviation. S'il avait prévu que, sous l'empire de quelques préjugés intellectuels, on pourrait se jeter dans les bras de quelque érudit, d'un chef insuffisant, plus dangereux, suivant lui, que l'absence de tout chef, il avait à dessein, et pour neutraliser son influence, donné pour président à la Société positiviste un prolétaire, qui se hâta, disons-le, de se laisser subalterniser.

Mais celui qui se montrait si rassuré contre les tendances dispersives de ses disciples ne s'était pas trompé sur la nature des obstacles que pouvait rencontrer au dehors son installation. Fidèle à une conviction, qui fut celle de toute sa vie, il dut songer plus sérieusement qu'il ne l'avait fait jusqu'alors à les écarter. Faut-il vous rappeler, mon cher confrère, un passage devenu célèbre de la Politique positive, où sa pensée, à cet égard, se manifeste dans toute sa plénitude : « Ni le clergé, ni l'Université, ne font autant que l'Institut, et surtout l'Académie des sciences, dévier la jeunesse française de sa mission sociale. » Saper le foyer de la fausse science, ce refuge, suivant son expression, de toutes les médiocrités laborieuses, de tous ceux qui ont intérêt à retenir la pensée dans les errements académiques, à l'empêcher de prendre possession de son principal domaine, l'étude des phénomènes sociaux et moraux, tel était pour lui, à la fin de ses jours, l'obstacle à renverser. C'est cependant, il faut le rappeler, à la corporation scientifique, comme vous le savez, que le jeune philosophe qui osait entreprendre la régénération de nos vieilles Sociétés s'adressa au début de sa carrière, pour l'inviter à prendre la direction des esprits et à travailler au remplacement des dogmes épuisés. Il la croyait encore animée du grand esprit qui avait, pendant les siècles antérieurs, soutenu l'activité des vrais savants et qui, alors, avait fait de la science un véritable sacerdoce. Mais le culte des intérêts y avait déjà prévalu, comme ailleurs, et la science était devenue un moyen de parvenir.

Le régime scientifique est encore, de nos jours, trop vivace, trop accrédité auprès de ceux-là mêmes qui souffrent le plus de sa prépondérance pour songer à le renverser. Mais il existe une telle solidarité entre les trois institutions à l'aide desquelles le premier des Bonaparte crut pouvoir enrayer la marche de la pensée et régenter les consciences, qu'il est permis de dire que celle qui tombera la première entraînera infailliblement les deux autres. Quoiqu'elles doivent toutes trois disparaître pour assurer la vraie liberté et consacrer une pleine séparation entre le spirituel et le temporel, demandée depuis longtemps par les meilleurs organes du parti catholique, il ne faut pas moins reconnaître qu'elles ne sont pas toutes frappées d'un égal discrédit dans l'opinion. Un sentiment d'hostilité à l'égard du catholicisme fut toujours le principal mobile de ceux qui ont jusqu'à ce jour demandé la suppression du budget des cultes. Bien peu, parmi eux, ont été mus par l'idée d'assurer la liberté spirituelle. Qui pourrait en douter quand on voit l'opposition qu'une telle proposition rencontre journellement dans nos Chambres? Lorsqu'on s'y est, en effet, aperçu que par son adoption elle pouvait, à courte échéance, mettre le gouvernement dans la nécessité de renoncer à toute ingérence dans les choses de l'ordre spéculatif, ceux qui l'avaient le plus prônée dans leurs programmes électoraux s'en sont montrés les adversaires les plus acharnés, et, certes, ce n'était pas par tendresse pour le clergé.

Le positivisme, qui est placé à un point de vue plus élevé, qui ne nourrit de haine contre personne, ne s'est associé à la demande révolutionnaire qu'en vue d'asseoir la liberté sur les bases les plus solides.

Si de nos jours il demande l'abolition du budget théologique, c'est qu'il a la conviction qu'elle entraînera celle des corporations qui exploitent la crédulité publique et compromettent le développement de la pensée moderne, en arrêtant la science dans son ascension vers son couronnement final : l'étude des phénomènes sociaux et moraux.

Le discrédit qui pèse encore sur le catholicisme, les haines qu'on nourrit contre lui, proviennent surtout de ce que ses chefs actuels, méconnaissant leur véritable mission, se faisant illusion sur les tendances de leur époque, emploient leur crédit sur les masses féminines et bourgeoises à vouloir renverser la forme républicaine et à y substituer un gouvernement de leur choix. Les ramener à leurs véritables attributions, la direction des consciences et la culture des sentiments, tel fut le but que se sont toujours proposé les vrais positivistes. C'est dans ces dispositions d'esprit qu'ils s'associent de nos jours aux revendications révolutionnaires, aucun sentiment de haine ne pouvant exister chez eux à l'égard de ceux qu'ils doivent de plus en plus considérer comme leurs prédécesseurs dans l'œuvre de la régénération humaine. Il n'est aucun penseur, suffisamment dégagé des préjugés théologiques ou métaphysiques, qui ne reconnaisse qu'en ces temps d'anarchie croissante, mieux vaudrait, pour hâter la solution des grandes questions pendantes, laisser à leurs directeurs actuels et à leurs fois respectives ceux qui, si l'on parvenait à les en détacher, iraient grossir mal à propos la masse des discoureurs et des révoltés. C'est ce que confirme la résistance féminine à tous les dogmes révolu-.tionnaires.

Le système de ménagement que recommande le positivisme à l'égard de toutes les fois intellectuellement déchues n'aurait d'inconvénient que s'il pouvait augmenter la résistance de chefs, toujours disposés, il faut le reconnaître, à user de leur influence auprès de leurs ouailles pour s'immiscer dans les choses gouvernementales. Mais la suppression du budget des cultes, qui sera suivie de celle des deux budgets théoriques, devra favoriser l'avènement d'un vrai parti conservateur, aussi affranchi des préjugés rétrogrades que des sophismes anarchiques (1). Si le parti catholique pouvait mieux connaître ses véritables intérêts et mieux apprécier l'état de l'opinion à son égard, il n'hésiterait pas à prendre lui-même l'initiative de la dénonciation du Concordat, en exigeant alors, comme garantie de la liberté spirituelle, qu'il a toujours réclamée, quoique ce ne fût que pour lui, la suppression des deux corporations universitaires et académiques. Tel est l'avis que

(1) M. Laffitte nous dit que M. Comte s'était encore bercé d'une illusion, quand il a cru à la possibilité de constituer un parti conservateur assez affranchi de toutes croyances théologiques pour prendre la direction de nos affaires en rompant avec la Révolution, sans se laisser aller aux entrainements réactionnaires. Ce parti, qui pouvait exister, dit-il, sous la Restauration, s'est de nos jours fondu parmi les rétrogrades, et M. Comte, s'inspirant des idées de son temps, a fait ici fausse route. Le parti qu'espérait relever Auguste Comte, n'en déplaise à M. Laffitte, existe encore. S'il s'est éloigné de plus en plus des révolutionnaires et rapproché des rétrogrades, ce n'est pas une raison pour croire qu'il ait perdu son an-

je m'honore d'avoir récemment donné au nonce apostolique à Paris, en me recommandant de la haute autorité du maître. Personne, dans le parti catholique, ne peut douter, de nos jours, que le budget des cultes ne soit tôt ou tard supprimé, et il peut l'être révolutionnairement, ce qui serait à regretter pour lui. En allant au-devant d'une échéance qu'il est impossible d'éloigner indéfiniment, il se recommanderait ainsi au respect de tous. Une légitime indemnité viagère accordée à chacun des membres des clergés théologiques assurerait de la sorte leur indépendance spirituelle et les relèverait ainsi à leurs propres yeux et auprès de leurs ouailles, en les affranchissant de la tutelle de l'État. Ce serait aussi pour eux le moyen de concourir à l'extinction des deux foyers de la fausse science et d'un enseignement qui dévoie les esprits et altère les sentiments.

Pour beaucoup, c'est encore une illusion que nous nourrissons que de croire les chefs catholiques susceptibles d'être un jour accessibles à un pareil conseil. Ils sont, en effet, plus préoccupés que jamais, en ce moment, de leurs intérêts matériels; mais ce n'en est pas une que de penser qu'il existe parmi les croyants des esprits assez clairvoyants, des cœurs assez enthousiastes pour le goûter. Nos contacts catholiques nous autorisent à le supposer : quand il ne sera plus possible à ceux qui crient au péril social de croire à l'efficacité des moyens qu'opposent leurs directeurs à la dissolution de nos mœurs publiques ou privées, il n'est pas douteux qu'ils ne leur imposent une conduite plus conforme à leur dignité et à leur caractère.

Ces diverses considérations, mon cher confrère, doivent, je l'espère, vous confirmer davantage dans votre juste appréciation des véritables causes du temps d'arrêt que subit la propagande positiviste, là où elle nous semble à tous le plus impérieusement réclamée. Comme vous

cienne émancipation théologique. Ne voyant aucune solution possible avec les démocrates, il a cherché un moyen de résistance aux sophismes contemporains dans le catholicisme, devenu pour lui un véritable drapeau. Mais il n'y a pas à douter que s'il avait la possibilité d'inaugurer une politique à la fois conservatrice et progressive avec toute autre doctrine, il ne s'y ralliât. M. Laffitte nous fait sourire, pour ne rien dire de plus, quand il nous dit qu'il n'y a d'autre parti conservateur, de nos jours en France, que celui qui *a été créé par le génie de Gambetta*. Nous avons vu à l'œuvre son parti conservateur. S'il a cherché à conserver quelque chose, ce sont ses propres intérêts. C'est à lui que nous devons la mise du pays en coupe réglée.

l'avez si bien senti, c'est à l'anarchie parisienne, entretenue par des sophismes, que nous ne pouvons ni conjurer ni combattre, vu la consécration qu'ils trouvent chez nos lettrés de toute provenance, qu'il faut, en effet, l'attribuer.

Après nous être ainsi convaincus que ce n'est pas seulement à la déviation intellectuelle où a été entraîné le positivisme, quelque regrettable qu'elle soit, pas plus qu'à l'insuffisance de nos efforts, qu'il faut attribuer nos insuccès, mais plutôt à des obstacles extérieurs, combien ne devons-nous pas être étonnés de voir celui qui se dit encore le continuateur d'Auguste Comte combattre, comme il l'a fait dans sa *Revue*, les projets mêmes à l'aide desquels son maître croyait pouvoir triompher des résistances contre lesquelles sont venues se briser toutes les volontés. Vous avez lu l'article de la *Revue occidentale* à laquelle je fais ici allusion, et vous en avez été indigné. Relisez maintenant, avant d'aller plus loin, les belles lettres d'Auguste Comte à mon malheureux camarade, M. Alfred Sabatier, et vous serez presque tenté de ne pas tenir rigueur à M. Laffitte de son irrévérence. Espérons qu'elles seront bientôt détachées de sa *Revue* et que chacun pourra les méditer à son aise. Là où M. Laffitte voit un naïf, qu'il me soit permis, à moi plus crédule que lui, de voir l'émule des grands pontifes d'un autre temps, le successeur, dans la direction des hommes, des Innocent III, des Grégoire VII et autres. Mais passons et contenons pour quelques instants les élans de notre admiration.

Il y a trois cents ans et plus, parut un homme chez qui, par une singulière association de facultés propre aux natures méridionales, on retrouve à la fois le Cid et saint Dominique. Il entreprit de régénérer le sacerdoce catholique en pleine décomposition, et de relever la foi partout défaillante. Malgré sa prodigieuse activité et un véritable génie politique, il aurait pu constater que, de son vivant même, sa tentative était avortée. Mais, malgré l'avortement de son œuvre, il ne laissait pas moins, à la célèbre compagnie qu'il avait instituée, une organisation assez puissante pour qu'elle devînt, entre les mains de son principal disciple et successeur immédiat, un merveilleux instrument de résistance. C'est avec cet instrument que fut contenue l'hérésie qui menaçait l'Europe tout entière d'une dissolution prochaine.

Dans les attaques dirigées contre le jésuitisme, il faut reconnaître qu'on n'a jamais fait, avant Auguste Comte, la distinction qui existe entre les projets du maître et l'œuvre des disciples ou successeurs.

Si, dans la célèbre compagnie, la fin n'a pas toujours justifié les moyens, ce n'est pas à elle seule qu'il faut s'en prendre. Les rois, si peu au courant de leur métier depuis longtemps, doivent, eux aussi, avoir une large part dans la responsabilité de tout ce qui s'est fait sous le couvert du jésuitisme. Le grand Frédéric, qui, à ce qu'il paraît, connaissait son métier, a su le contenir et en tirer de bons services.

Quoi qu'il en soit, depuis plus de trois siècles, c'est la Compagnie de Jésus qui soutient le catholicisme, en relie les divers éléments et qui en empêche la désorganisation. Tout vrai philosophe doit lui savoir gré d'avoir contribué à préserver la nation centrale de l'invasion protestante, qui ne pouvait présenter qu'une insuffisante et dangereuse solution aux grandes questions posées par la raison moderne. Nous n'avons pas à la justifier des moyens qu'elle employa à cet effet ; il faut, ai-je dit, laisser une très large part de responsabilité, dans les sévères et cruelles répressions du temps, aux monarques occidentaux, qui ne surent jamais, depuis lo XVI⁰ siècle, sauf le grand Frédéric, concilier l'ordre et le progrès.

L'inégale vitesse des deux mouvements de décomposition et de recomposition que nous présente l'histoire des cinq derniers siècles, l'un dissolvant tous les vieux dogmes, et l'autre marchant trop lentement à la constitution de ceux de l'avenir, devait infailliblement livrer l'Occident tout entier à la plus affreuse anarchie. Les bases de l'ancien ordre social se trouvèrent bientôt sapées, sans qu'on pût arriver à les remplacer. Quelque affligeante qu'ait été souvent pour le cœur l'intervention, dans les choses de l'ordre temporel, de la célèbre Compagnie, il ne ressort pas moins d'une saine appréciation des conditions de toute harmonie sociale, qu'elle a parfois arrêté notre vieux monde sur la pente d'une entière dissolution, à laquelle l'a si souvent exposé l'incapacité de ses chefs. C'est encore elle qui, de nos jours, a voix prépondérante dans les conseils de la papauté, et, malgré quelques velléités d'indépendance qu'ont montrées parfois les pontifes romains, ils ont été toujours forcés de lui remettre la défense de leurs intérêts. La puissance de la Compagnie s'est, en quelque sorte, toujours accrue en raison même de la gravité des situations et des dangers auxquels se trouvait exposé le catholicisme. Quand naguère elle crut nécessaire de réunir toutes les forces de la catholicité, elle fit voter le dogme de l'infaillibilité papale qui supprimait toutes les églises nationales. Par celui de l'Immaculée Conception, dû également à son initiative, elle détournait des préoccupations dogmatiques, et donnait un nouvel aliment aux cœurs féminins.

Si M. Laffitte a trouvé trop naïve la tentative que fit faire son maître auprès du général ignacien, dans un but qu'il n'aurait pas dû méconnaître, on peut, je crois, douter que la postérité confirme jamais son jugement. En attendant, il nous a paru irrévérencieux. D'ailleurs, la divulgation des diverses lettres d'Auguste Comte à M. Sabatier a semblé inopportune à plusieurs ; elle ne saurait montrer un grand sens politique chez le prétendu directeur du positivisme. Mais M. Laffitte avait, avant tout, à répondre à certaines attaques et à satisfaire sa vanité. Il lui importait de prouver que son maître avait pu, lui aussi, se tromper et faire fausse route.

Lorsque j'aurai fini d'écrire, me disait Auguste Comte, pendant les dernières semaines que j'ai passées auprès de lui, je vous montrerai ce qu'est un pontife et ce que j'ai conçu pour l'installation du positivisme. Sa vie militante allait bientôt commencer et sa démarche auprès du général des Jésuites n'en était que le prélude. Il avait formé le projet, vous le savez, de réunir dans une même action tous ceux qui reconnnaissent la nécessité d'une religion contre ceux qui la contestent. C'était contre la révolution, qui n'a plus de raison d'être quand il s'agit de construire, que devait être dirigée sa ligue religieuse. Il m'écrivit à ce sujet, en mai 1857, quelques mois avant sa mort, postérieurement à sa lettre à M. Sabatier, qui est de septembre 1856 : « Votre appréciation générale de ma ligue religieuse est radicalement saine ; la portée n'en est bien sentie jusqu'ici que par vous. » Ce passage d'une précieuse correspondance ne prouve-t-il pas que M. Laffitte, qui lui aussi avait été initié aux projets de son maître, ne lui paraissait pas en avoir compris toute l'importance. Nous avons écrémé, me disait-il encore dans son langage parfois pittoresque, le parti révolutionnaire, il ne nous arrivera pas grand monde de ce côté ; c'est ailleurs qu'il faut diriger nos efforts.

Justement préoccupé de rallier, parmi les gens disciplinés, ceux qui lui paraissaient suffisamment préparés de cœur et d'esprit, et de ne plus perdre son temps à vouloir ramener ceux qui s'insurgent contre toute discipline, il désirait avant tout leur montrer sous son vrai jour une doctrine jusqu'alors trop confondue avec son préambule scientifique. Il avait à écarter tout d'abord les obstacles érigés par un dictateur rétrograde contre l'établissement de la liberté spirituelle. C'est le foyer de la science officielle qu'il eût voulu éteindre d'abord. Mais les discoureurs académiques n'étaient point assez discrédités encore auprès d'un public en grande partie façonné par eux pour y songer. Vu la solidarité des trois institutions dues au génie rétrograde de Bonaparte, celle qui tombera la première devant entraîner les deux autres, il crut devoir s'adresser au chef des ignaciens pour obtenir d'abord la dénonciation du Concordat. C'était de bonne guerre. Il n'était pas dit qu'il ne comprendrait pas les avantages que pouvait procurer au catholicisme et surtout à la Compagnie une telle initiative. Elle devait en premier lieu faire disparaître toutes distinctions entre les églises nationales et les mettre dans les mains de la papauté, ce que la proclamation de l'infaillibilité papale avait déjà en partie réalisé. Elle relevait ensuite la dignité du clergé catholique, en le rendant indépendant, pour sa constitution et sa liberté d'action, de toute puissance temporelle; en outre, elle préparait, à courte échéance, l'extinction des deux grands foyers de sophisme et de matérialisme, l'Université de France et l'Académie des sciences. La prépondérance spirituelle de la célèbre Compagnie se trouvait ainsi consacrée, ses propres ressources lui permettant de vivre indépendante et en dehors de l'État. L'autorité nominale du chef officiel de l'Église s'effaçait de la sorte devant celle plus réelle du général des Jésuites. Il y avait encore dans la proposition du maître bien des sous-entendus qu'il était, pour le moment, inutile d'énoncer, suivant la recommandation faite à M. Sabatier.

M. Laffite, qui analyse dans sa *Revue*, avec un étrange laisser-aller de style les projets de son maître, et qui n'y voit qu'une sorte de rêverie spéculative, a sans doute oublié qu'avant sa rupture avec Rome, M. de Lamennais croyait fermement qu'il était de l'intérêt de l'Église de renoncer à la subvention de l'État, et prenait l'initiative de proposer au pape d'affranchir de la sorte son clergé d'une sujétion peu conforme à son indépendance et à sa dignité. M. Laffitte, dans la même *Revue*, rappelle, après M. Littré, un ennemi personnel d'Auguste Comte, que le catéchisme positiviste remis, avec une dédicace de sa main, par M. Sabatier au général ignacien, a été trouvé dans une vente publique intact, sans avoir été seulement coupé. En citant ce fait, peu s'en faut que M. Laffitte ne conclue que son maître avait à peu près perdu la tête quand il eut l'étrange idée de déléguer à Rome l'un de ses disciples. Quant à nous, nous nous contenterons de dire à ce sujet, avec le maître, et sans juger sa tentative d'après un premier insuccès, que la célèbre Compagnie, en présence des événements contemporains, ne s'est pas encore inspirée de la pensée de son fondateur, qu'elle ne possède pas encore en son sein de *véritables ignaciens*. L'œuvre de Loyola, avons-nous dit, était déjà avortée de son vivant même, quand Lainez transforma sa Compagnie en un instrument de résistance contre la révolution, ayant alors pour organe officiel le protestantisme, renonçant ainsi à la régénération, reconnue irréalisable, du catholicisme.

Le titre seul qu'Auguste Comte avait l'intention de donner à l'appel projeté par lui aux Jésuites prouvera qu'il croyait, sinon qu'il fût possible de les ramener aux vues de leur fondateur, mais tout au moins aux sentiments qui ont toujours dominé l'ensemble de sa grande existence, encore méconnue. C'est qu'en effet, de nos jours, la situation n'est plus pour eux ce qu'elle pouvait être encore au commencement de ce siècle.

Forts de l'appui occulte qu'ils trouvent dans le gouvernement, ils espèrent, sans doute, relever les institutions déchues, et, il est triste de le dire, l'insuffisance et les faiblesses du parti républicain sont de nature à encourager leurs espérances. Mais ce qu'ils ne voient pas, c'est que l'anarchie, qui déjà nous enserre de toutes parts, va bientôt atteindre ses dernières limites et que le gouvernement lui-même se trouvera impuissant à les protéger s'ils ne renoncent assez tôt à leurs projets de restauration monarchique. Ils peuvent être résignés à mourir dans la tourmente révolutionnaire, comme ils l'ont dit à M. Sabatier, mais il y a derrière eux tout un monde qui veut vivre. A ce monde, il faut des directeurs qui ne le compromettent pas davantage.

Les grandes questions encore pendantes vers le milieu du siècle sont aujourd'hui résolues. Si la conspiration du silence a pu faire le vide autour des solutions qu'elles ont reçues, cette conspiration est désormais déjouée, et le péril social, triomphant de toutes les répugnances théologiques, saura bien ouvrir les yeux à ceux-là mêmes qui ont laissé, sans en couper les feuillets, le livre offert à leurs méditations. Renonçant à toute espérance de restauration monarchique ils comprendront enfin que le positivisme seul peut désormais consacrer l'existence de ceux qui ne peuvent s'élever au-dessus des dogmes rationnellement déchus, en invoquant leur utilité sociale. Devenus de vrais ignaciens, ils reconnaîtront alors que ce n'est que par un appel au sentiment qu'ils pourront retenir autour d'eux ceux qui, s'ils quittaient leur giron, iraient mal à propos grossir l'armée des révoltés. Résignés à ce rôle, qui peut avoir quelque grandeur, ils hâteront de la sorte, à leur insu même, l'avènement d'un ordre nouveau.

Mais sans se jeter dans l'hypothèse extrême d'une société livrée à tous les déchirements intérieurs, il est plus que probable qu'avant que l'anarchie ait atteint ses dernières limites, un rapprochement se sera effectué entre tous ceux qui subordonnent le bonheur privé ou public à une discipline morale, entre tous ceux enfin qui reconnaissent la nécessité d'une religion. Déjà nous voyons certaines églises protestantes se rapprocher de Rome ; naguère un légat du pape était officiellement reçu à Londres.

Que le budget des cultes tombe par une renonciation volontaire, émanant des catholiques eux-mêmes, ce qui, nous le croyons encore, n'est pas impossible, ou qu'il soit emporté par le flot révolutionnaire, le lendemain même un rapprochement forcé s'établira entre le positivisme et les directeurs quelconques des anciennes fois théologiques, au nom de la liberté spirituelle. Les corporations universitaires et académiques sont assez discréditées de nos jours auprès des masses et de ceux qui se qualifient de libres-penseurs pour que le gouvernement, mieux inspiré, se décide alors à supprimer la subvention qu'il accorde à l'entretien de deux foyers où s'alimentent les dogmes les plus subversifs et le plus grossier matérialisme.

Le premier rapprochement provoqué par des intérêts communs préparera naturellement une alliance ultérieure, dont le positivisme conservera la présidence, tout en respectant l'indépendance indispensable de chaque élément. Est-il nécessaire pour en venir là que les Jésuites deviennent positivistes, comme le dit assez plaisamment M. Laffitte, dont la verve railleuse s'exerce même à l'égard de son maître ? Nous ne le pensons pas ; il suffira seulement que les directeurs des fois déchues restent convaincus qu'ils ne peuvent être défendus contre les sophismes révolutionnaires et les attaques d'une science dévoyée que par l'unique doctrine qui ait aujourd'hui qualité pour recommander le respect des dogmes épuisés au nom de leur utilité sociale.

Que M. Laffitte reste donc bien convaincu que son ancien maître n'a jamais eu l'idée de présenter un contrat à signer au général des ignaciens. En lui déléguant l'un de ses disciples, il n'a eu d'autre but

que de lui montrer la véritable nature de la révolution moderne et de
lui demander un concours éclairé pour arrêter le flot montant des
sophismes anarchiques. La ligue religieuse qu'il a présentée, et dont
il eût voulu prendre l'initiative, en éclairant chacun de ses futurs
membres sur son opportunité, se constituera naturellement par la
force même des choses, imposée, pour ainsi dire, par la marche des
événements.

Dirigée contre la révolution, qui n'a plus sa raison d'être aujour-
d'hui, comme le fut celle du XVIᵉ siècle, elle rejettera dans un
même camp tous ceux à qui l'état de leur esprit ou de leur cœur ne
permettrait pas de comprendre qu'il n'y a point de société sans religion, tandis qu'elle rapprochera dans une même communauté d'action
tous ceux qui en sentent le besoin. Le positivisme se trouvera ainsi
autorisé à inviter ceux qui ne croient plus en Dieu et qui veulent
travailler à la régénération de leur espèce, à se faire positivistes et
engagera ceux qui y croient encore à redevenir catholiques.

Quoique ce ne soit pas trop le moment d'entrer ici en des considérations dogmatiques, je ne puis cependant, mon cher confrère, résister
à la tentation de montrer que ce qui, socialement, semble s'imposer,
n'est pas moins philosophiquement consacré par une saine étude de la
nature humaine.

Le positivisme, ainsi que vous le savez, s'est placé, ainsi que le
catholicisme, sur le terrain de la grâce. Pour lui, tout le problème
humain consiste à faire prévaloir nos dispositions bienveillantes sur
nos mobiles égoïstes. Quelque bien organisés que nous soyons en
entrant dans la vie, nous ne pouvons en atteindre heureusement le
terme, sans le concours de l'Humanité tout entière, source éternelle.
de toutes les perfections. C'est elle, en effet, qui fournit à nos sentiments un aliment et un stimulant sans lesquels ils risqueraient fort de
défaillir. Le catholicisme, souvent contenu dans ses plus nobles aspirations par les exigences de son dogme, dut refuser à la nature
humaine les sentiments bienveillants. Il fit de ces précieux mobiles un
don de Dieu, une grâce spéciale, qu'il accordait à ses élus, en arrivant
à la vie. Tout dogme monothéique, chrétien, juif ou musulman, vu la
nécessité de maintenir la prescience divine, mène directement au fata-
lisme. Saint Augustin, malgré les subtilités de son argumentation, n'a
pu convaincre du contraire. Les jésuites, à qui l'on a fait, à leur
éternelle louange, le reproche de trop humaniser la religion, ont cherché

à concilier un dogme, qu'ils auraient volontiers rejeté, s'ils l'avaient pu, avec les exigences de la nature humaine. La distinction introduite par eux entre la grâce suffisante et la grâce efficace, dont Pascal a tant plaisanté, repose sur un fait réel. Nous venons au monde avec des dispositions bienveillantes et égoïstes. Les premières, quoique innées en nous, aussi bien que les autres, sont plus ou moins perfectibles, suivant notre provenance sociale. L'hérédité n'a fait que transmettre à chacun les résultats d'une culture séculaire et toujours collective. La distinction jésuitique est donc conforme à l'observation. C'est à ceux qui sont entrés dans la vie, catholiques, protestants, juifs ou musulmans, avec la grâce suffisante, à la transformer en grâce efficace. Il existe donc chez tous les monothéistes des raisons inhérentes à l'état de leur esprit et à leur nature même, suivant lesquelles ils peuvent se considérer comme plus perfectibles que ceux qui se croient exempts de toute dépendance sociale. Philosophiquement comme socialement, on peut donc admettre que tout danger qui mena cerait sérieusement l'existence des Sociétés occidentales, c'est-à-dire qui pourrait compromettre le concours permanent et continu de tous en faveur de tous, ne tarderait pas à réunir dans une même opposition, qu'on me permette ces mots, les graciés contre les disgraciés. Telle est la grande ligue qui a existé si longtemps entre ceux qui sont susceptibles d'amélioration contre ceux qui se montrent réfractaires à tout perfectionnement. C'est ce qu'a voulu systématiser, dans une société aussi profondément troublée que la nôtre, le plus grand des élus de l'Humanité. Réunir ceux qui croient contre ceux qui ne croient pas, ceux qui prient contre ceux qui ne prient pas, tel est le but de la ligue dont il eut l'idée.

On ne peut dire qu'elle fut le produit d'une intelligence déjà affaiblie, comme plusieurs l'ont affirmé, puisqu'elle fut jadis le sujet d'une conférence entre Auguste Comte, jeune encore, et M. de Lamennais.

Si M. Laffitte avait respecté davantage la mémoire de son maître, s'il l'avait aimé autant qu'il en a été aimé, il n'aurait pas cru peut-être irréalisables les projets de ses derniers jours ; il eût été, lui aussi, touché par la grâce, car il avait tout ce qu'il fallait pour l'obtenir. Qu'il me permette de lui rappeler la douloureuse sentence de son maître sur l'avortement de Blainville.

Mais revenons à la tentative dont M. Sabatier fut le principal agent.

Tout ce qu'on pourrait lui reprocher peut-être de nos jours, c'est d'avoir été prématurée. Les espérances de restauration monarchique que nourrissent encore les directeurs catholiques se dissiperont d'elles-mêmes quand un parlementarisme dissolvant, si cher à nos lettrés, aura fait place à une dictature républicaine. L'éloignement des discoureurs démagogiques du gouvernement fera évanouir bien des illusions, surtout quand le pouvoir central, mieux inspiré, aura renoncé à toute intervention, directe ou indirecte, dans les choses de l'ordre spirituel. Les directeurs des âmes attardées, laissés aux prises avec les professeurs d'anarchie, se montreront moins dédaigneux à l'égard des penseurs, qui peuvent seuls, au nom du passé et de l'avenir, recommander le respect envers les fois déchues. Le sacerdoce catholique, qui a déjà tant de peine à se recruter, se condensera naturellement dans la célèbre Compagnie, revenue alors aux grandes traditions de son fondateur. Ceux dont le véritable chef n'est point au Vatican comprendront enfin qu'il y a obligation pour eux de mettre fin à un compromis qui dure depuis plus de trois cents ans, où le chef officie consent à être le prête-nom du chef réel. Sans que le positivisme soit obligé de le lui conseiller, ainsi que se proposait de le faire Auguste Comte, dans l'appel qui lui était destiné, le véritable chef de la catholicité se convaincra naturellement que ce n'est plus à Rome, mais à Paris, au milieu du principal foyer de l'anarchie occidentale, qu'il doit accepter la lutte et transporter le siége de la résistance.

Telle est la derniére phase qu'une judicieuse appréciation de la marche de l'évolution humaine permet à la philosophie d'assigner au catholicisme avant qu'il vienne se fondre dans le positivisme, où tout véritable penseur verra sa systématisation finale. C'est la grande question posée par saint Paul, de l'opposition de la nature à la grâce, qui reçoit de nos jours une solution définitive dans le dogme de l'Humanité. Le type du médiateur divin qu'institua le grand novateur catholique dut paraître bientôt contradictoire aux penseurs occidentaux, par cela même qu'on était obligé de lui conférer aussi la toute-puissance, ce qui n'était pas peut-être dans la pensée de l'apôtre chrétien. Au siècle de la chevalerie, les mœurs des occidentaux eurent peu à faire pour lui substituer un type féminin qui ne garda de la toute-puissance qu'un incommensurable amour. La patronne des croisés, vierge et mère à la fois, put condenser en elle les plus nobles attributs humains, la tendresse devenue inséparable de la pureté. Telle fut la grande institution que saint Bernard dégagea des aspirations mystiques de son temps. En se déclarant le chevalier de la Vierge, Loyola s'est ainsi constitué l'héritier des grandes traditions d'un siècle d'amour et de foi. S'il n'a pu régénérer le sien, il n'a pas moins concouru à maintenir la filiation des grands sentiments. C'est sous le patronage de la Vierge-Mère que fut instituée la ligue du XVIe siècle ; celle du XIXe se développera sous l'invocation croissante de la Vierge immaculée, où le positivisme personnifie l'Humanité tout entière dans son passé et son avenir. Elle présentera à tous les cœurs aimants, sous une image utopique, le triomphe final de nos mobiles les plus élevés sur notre égoïsme natif. Telle est la solution que reçoit de nos jours, du plus hardi et du plus grand des novateurs, le problème posé par l'apôtre chrétien. La personnalité s'y trouve directement subordonnée à la sociabilité en vue de l'Humanité. Préparée par la ligue religieuse du XIXe siècle, la fusion de la dernière synthèse provisoire, dans la synthèse finale, marquera le dernier terme d'une révolution dont on ne peut fixer les débuts qu'en remontant jusqu'aux temps où la foi de nos derniers aïeux s'est trouvée en désaccord avec la raison moderne.

En assignant, avec l'éternel maître, pour but à nos efforts, la ligue des disciplinés contre les indisciplinés, en vue de la transformation de toutes les fois provisoires en une dernière, qui répondra à toutes les exigences du cœur et de l'esprit, notre action, mon cher confrère, ne sera plus exposée à s'égarer en de stériles expositions. Si, comme vous l'avez judicieusement compris, l'anarchie qui trouble la métropole occidentale a été la principale cause du retard subi par notre propagande, c'est à en triompher que nous devons désormais nous appliquer. La déviation intellectuelle où elle s'est égarée ne doit ni nous étonner, ni être pour nous un sujet de découragement. Elle fut, on le reconnaîtra de plus en plus, la conséquence de la diversité des natures rapprochées pendant l'élaboration du préambule scientifique de la nouvelle foi, avec lequel elle a été si souvent confondue. Elle cessera d'elle-même, quand un accroissement d'anarchie rapprochera de nous ceux dont le cœur ne s'est point fermé à l'amour de leurs semblables, et dont l'esprit est resté ouvert aux grandes aspirations d'un autre temps.

Ce qui se passe au milieu de vous ne peut être que rassurant pour l'avenir ; il est permis d'y voir déjà la réalisation de toutes les espérances du maître. Il a, en quelque sorte, suffi de placer son œuvre dàns un milieu exempt des complications politiques qui agitent notre vieille société, loin des sophismes académiques, pour qu'elle y reçût l'accueil qui doit assurer son développement ultérieur.

En notre siècle troublé, que de fois n'avons-nous pas vu nos rêveurs socialistes passer les mers pour aller faire, sur le continent américain, l'essai de leurs utopiques élucubrations? Le positivisme a fait le sien, sur ce même continent; le Nouveau-Monde lui a donné l'hospitalité, et il s'y est implanté sans fracas, sans compromettre les capitaux et les vies humaines. Son essai a été décisif.

Votre éloignement de la métropole occidentale ne vous permet guère d'y prétendre à un grand retentissement, mais le spectacle que vous donnez à nos discoureurs servira, n'en doutez pas, d'enseignement à notre vieille Europe, quand, fatiguée des clameurs démagogiques et revenue de toutes ses illusions, elle voudra s'occuper sérieusement de reconstituer l'ordre dans son sein. A vous de conserver intactes en attendant nos grandes traditions.

Je termine, mon cher confrère, cette longue épître, où tant de questions ont été soulevées, en vous assurant, ainsi que tous ceux que réunit autour de vous l'amour de l'Humanité, de toutes mes sympathies.

Je reste tout à vous,

G. AUDIFFRENT.

77, rue Breteuil,
Marseille, le 15 Frédéric 99 (le 19 novembre 1887).

P.-S. — Pour l'intelligence des différents sujets que j'ai soulevés dans le cours de cette exposition, j'ai pensé qu'il serait utile de la faire suivre des diverses lettres d'Auguste Comte à M. Sabatier. On ne lira pas non plus sans intérêt celles concernant les affaires de Rome qu'il m'adressa un peu plus tard.

EXTRAIT DES LETTRES D'AUGUSTE COMTE

I

A M. Alfred Sabatier.

Paris, le mardi 8 Shakespeare 68
(17 septembre 1856).

MON CHER DISCIPLE,

Pour vous faire mieux apprécier la mission que votre noble lettre du
22 Guttemberg (arrivée samedi dernier) a noblement acceptée auprès
du général des jésuites, je dois d'abord indiquer le projet que je
communiquai récemment à la Société positiviste. Ensuite j'y distinguerai
la seule partie que doive en déclarer votre office actuel.

Depuis trois siècles, le général des jésuites constitue le véritable
chef du catholicisme, le pape étant irrévocablement réduit à l'état d'un
simple prince italien, électif au lieu d'être héréditaire comme les autres.
Quoique cette situation ne soit pas officiellement reconnue, elle se
manifeste de plus en plus à mesure que le besoin de la réorganisation
spirituelle se développe en Occident, et surtout chez le peuple central.
C'est pourquoi, quand les quatre volumes de ma *Synthèse subjective*
(dont le premier va bientôt paraître) seront entièrement publiés,
j'écrirai, l'année suivante (en 1862), un *Appel aux Ignaciens*, où
j'inviterai leur général à se proclamer chef spirituel des catholiques,
en déclarant le pape prince-évêque de Rome (comme dans la célèbre
lettre de Mme Roland), et le laissant se démener avec ses *sujets* comme
ils pourront. Pour consommer cette proclamation, le général ignacien
serait publiquement invité, par le fondateur du Positivisme, à venir
résider à Paris, où je lui garantirais, au nom des vrais républicains,
une pleine liberté d'action sociale. Tous ceux qui prétendent à diriger
l'Occident doivent habiter la métropole humaine, seul siège des impulsions vraiment efficaces ; ils donnent leur démission en fuyant ce séjour,

auprès duquel Rome et Londres sont des villes de province, sans influence directe sur la régénération occidentale.

Afin de préparer cette situation, où le catholicisme et le Positivisme seront directement en concurrence décisive pour l'ascendant spirituel, en éliminant, d'un commun accord, le protestantisme, le déisme et le scepticisme (les trois degrés de la maladie moderne), il faut maintenant obtenir l'entière abolition du budget ecclésiastique, et forcer tous les prêtres à vivre, comme moi, des libres subsides de leurs adhérents respectifs, suivant le type américain, qui seul convient à la transition finale. Tel est l'*unique* objet de votre mission actuelle, où vous chercherez à faire comprendre combien cette mesure serait favorable aux jésuites, surtout en France, où leur attention se trouve de plus en plus concentrée, l'Espagne et l'Italie étant déjà dominées par des congrégations antérieures, et d'ailleurs incapables d'initiative sociale. Depuis leur origine, ils font de vains efforts pour se placer à la tête du clergé français, où les évêques ont toujours neutralisé jusqu'ici leur ascendant spontané. La discipline épiscopale étant devenue purement matérielle, la suppression du budget suffira pour la dissoudre sans aucun schisme, parce que les prêtres sont aujourd'hui moins disposés à respecter leurs supérieurs que les militaires envers leur colonel : la pression financière les fait seule obéir au pouvoir officiel. Une telle émancipation, qui d'ailleurs aura bientôt réduit le clergé français au quart de son extension actuelle, le groupera sous les jésuites, seuls cohérents, et déjà familiers avec l'absence du budget légal.

En même temps, il faut expliquer au général ignacien le concours spécial que le chef des positivistes lui demande à cet égard. J'ai publiquement réclamé la suppression totale du budget théorique, non seulement théologique, mais aussi métaphysique, et même scientifique, comme condition préliminaire de l'élaboration régénératrice. D'après les préjugés actuels, cette triple suppression, qui devrait être simultanée, sera probablement successive, et suivra l'ordre inverse de celui que je préférerais : elle commencera par le budget des cultes, comme plus onéreux et surtout plus antipathique. Mais une digne initiative ne peut, à cet égard, venir que des prêtres catholiques eux-mêmes, sans quoi la mesure semblerait hostile au catholicisme. Voilà pourquoi je désire que les jésuites viennent spontanément appuyer la demande solennellement proclamée au tome final de mon principal ouvrage.

Telles sont les deux considérations connexes que vous devez expliquer au chef ignacien, sans lui rien dire de la proposition plus hardie que je lui ferai publiquement dans six ans, et dont il serait maintenant effrayé. Si, d'ici là, nous pouvons, avec son assistance, obtenir la pleine liberté spirituelle, le plus difficile sera fait. Les positivistes et les catholiques peuvent déjà se concerter dignement afin d'obliger, au nom de la raison et de la morale, tous ceux qui croient en Dieu de redevenir catholiques et tous ceux qui n'y croient pas de devenir positivistes, le siècle de la construction ne devant comporter de lutte qu'entre des doctrines vraiment organiques, en éliminant tous les purs critiques comme autant arriérés que perturbateurs.

Je suis profondément touché des pieux sentiments que vous me témoignez, et surtout de votre tendre vénération pour la sainte collègue subjective qui me régénéra. Ce symptôme m'a toujours paru le plus propre à distinguer les positivistes complets, c'est-à-dire religieux. Nous ne pouvons aucunement compter sur les adhésions dépourvues d'un tel indice.

. . . .

II

A M. Alfred Sabatier, à Rome.

Paris (10, rue Monsieur-le-Prince),
le vendredi 9 Aristote 69 (6 mars 1857).

Mon cher disciple,

Après avoir soigneusement relu la précieuse lettre que j'ai ce matin reçue de vous, j'éprouve le besoin de vous faire immédiatement parvenir mes justes félicitations sur la manière pleinement satisfaisante dont vous avez récemment rempli la mission, non moins difficile qu'importante, que vous aviez dignement acceptée. Dans la mémorable entrevue que vous me décrivez, vous avez noblement manifesté la supériorité spontanée du Positivisme sur tout théologisme, non seulement quant à l'élévation des pensées, mais aussi pour la modération et la générosité des sentiments, et même la politesse des procédés. Ce n'est pas plus votre faute que la mienne, si ceux où je voyais déjà de vrais ignaciens sont encore de simples jésuites, méconnaissant la situation occidentale et sacrifiant le but aux moyens, jusqu'à ce que de nouvelles commotions éclairent leur empirisme sur des dangers qu'ils subiront, tandis qu'ils pouvaient nous aider à les prévenir ou les adoucir. On ne saurait mieux donner sa démission involontaire du véritable pouvoir spirituel, ni davantage accepter la présidence sociale du Positivisme, que ne l'a fait votre naïf interlocuteur, assez arriéré probablement pour ne pas même sentir combien Ignace de Loyola surpasse, à tous égards, leur Jésus-Christ. Mais, malgré leur faible portée et leur insuffisante émancipation, ces empiriques, que je persiste à croire honnêtes, seront spontanément influencés par votre admirable lettre préliminaire, d'après laquelle une telle entrevue ne restera pas sans résultats, même prochains. Quoi qu'il en soit, vous avez maintenant accompli cette délicate négociation avec autant de sagesse et de discrétion que de dignité. C'est d'eux que devraient désormais procéder de nouveaux contacts, que vous accueilleriez sans les devancer.

Je vais seulement vous envoyer demain, par la poste, pour le général des jésuites, auquel je vous prie de les transmettre de ma part, sous l'entremise de M. Robillon : 1º un exemplaire du *Catéchisme positiviste* ; 2º un exemplaire de l'*Appel aux conservateurs* ; 3º un exemplaire de ma *Huitième circulaire annuelle*. Si ce triple envoi se trouvait convenablement accueilli, je le ferais bientôt suivre des quatre volumes de la *Politique positive*. Au cas contraire, nous aurons toujours fait notre devoir en mettant ces personnages à portée de connaître la foi régénératrice, dont ils ne semblent plus soupçonner l'existence, si toutefois leur langage, à cet égard, est assez sincère, ce que d'anciens contacts avec la cour romaine me font supposer douteux. Dans cette situation, je ne dois ici faire aucune tentative envers leur état-major français, dont j'attendrai les démarches quelconques, si le général leur en prescrit. Conformément au plan total de mes derniers travaux, l'opuscule que j'ai depuis longtemps projeté sous le titre d'*Appel aux ignaciens* ne paraîtra qu'en 1863, époque où de graves événements auront peut-être attiré déjà l'attention de ces empiriques sur l'efficacité conservatrice et l'aptitude conciliante du Positivisme, qui finira par devenir leur unique garantie sociale.

Le parfait accomplissement de la difficile mission dont vous m'avez aujourd'hui rendu fidèlement compte constitue, à mes yeux, une nouvelle confirmation spéciale de la plénitude de votre conversion et du noble avenir personnel que je vous crois déjà réservé dans l'installation décisive de la religion universelle. C'est donc de vous maintenant qu'il vous reste à m'entretenir dans votre prochaine lettre, où je trouverai, j'espère, l'indication de vos récents progrès, surtout depuis la lecture approfondie de mon nouveau volume, et même quant à votre propre situation morale.

Tout à vous,

Auguste COMTE.

P.-S. — Outre l'exemplaire de ma dernière circulaire que je destine à M. Beckx, mon envoi de demain en doit ausssi contenir un pour vous, en cas que vous n'ayez pas reçu celui que je vous adressai, par M. Profumo, dès la fin de janvier.

III

A M. Alfred Sabatier, à Rome.

Paris (10, rue Monsieur-le-Prince),
le jeudi 8 Archimède 69 (2 avril 1857).

MON CHER DISCIPLE,

J'approuve votre interprétation de la réponse que vous me transmettez envers mes récents envois ignaciens. L'initiative et les avances devant naturellement caractériser la supériorité réelle, il faut peu s'étonner que la grande ligue religieuse des âmes d'élite contre l'irruption anarchique du délire occidental commence par le Positivisme, seul capable d'y présider. C'est à la religion que convient la principale application de la loi des trois états, après que toutes les conceptions préliminaires l'ont suffisamment subie. Si, comme sentiment, la religion est immuable et doit seulement se développer continuellement, elle est, en tant que conception, assujettie, dans sa nature, à la marche universelle qui régénère l'ensemble d'après les parties. Or, l'état positif consiste, pour la religion, à tendre systématiquement et directement vers sa destination normale, jusqu'alors indirecte et spontanée : régler toute la vie humaine, privée et publique.

Pour cette transformation décisive, la philosophie des causes chimériques est irrévocablement remplacée par celle des lois réelles, qui ne peut pleinement prévaloir qu'en dirigeant une telle rénovation de la synthèse universelle. Depuis que le Positivisme a dignement rempli cette condition finale, la situation occidentale doit de plus en plus susciter son ascendant nécessaire, en manifestant l'impuissance sociale des religions provisoires qui, directement vouées au salut céleste, sont radicalement incapables de saisir l'ensemble des affaires terrestres, inappréciable avant notre avènement.

Trente-un ans me séparent des mémorables conférences qui suivirent l'opuscule décisif, où j'avais publiquement consacré ma vie à la fondation occidentale du vrai pouvoir spirituel. Alors, le véritable chef du parti catholique (l'abbé La Mennais) provoqua trois libres entretiens, où, comme dignes adversaires, sans aucun vain espoir de conversion mutuelle, nous fûmes spontanément conduits à l'ébauche de la grande ligue religieuse, maintenant parvenue à sa pleine maturité. Ce souvenir caractéristique soutient, malgré les déceptions individuelles, mon aspiration générale à la réalisation décisive de ce saint projet, où j'ai désormais rempli les conditions d'une présidence nécessaire, qui sera d'abord acceptée par les meilleurs débris de l'ancien sacerdoce. Pendant que vous ouvrez admirablement à Rome nos relations ignaciennes, mes deux éminents disciples de New-York ébauchent nos contacts paternels avec les catholiques américains, qui, là, dépourvus de toute domination, même idéale, sont mieux accessibles à notre ascendant. Mais ce double effort n'instituera la sainte ligue que quand les sympathies féminines y pourront activement seconder les impulsions masculines.

Tout à vous,

Auguste COMTE.

IV

A M. Georges Audiffrent.

Paris (10, rue Monsieur-le-Prince),
le mardi 27 Aristote 69,

MON CHER DISCIPLE,

. . . .
Je vois que vous avez maintenant apprécié mon nouveau volume, de manière à l'utiliser plus que personne. Sa réaction générale sur votre finale émancipation scientifique m'est surtout précieuse, comme garantissant l'intégrité de vos dispositions synthétiques et leur efficacité religieuse. Vous avez dignement senti que la science, loin de constituer l'état positif, se borne à lui fournir, après la théologie et la métaphysique, une dernière préparation nécessaire qui, comme les deux autres, a ses inconvénients autant que ses avantages, et devient profondément nuisible en se prolongeant outre mesure. Pour caractériser la *positivité* de nos conceptions, il faut toujours que leur *réalité* se combine avec leur *utilité*, laquelle n'est vraiment jugeable que religieusement, d'après la relation de chaque partie avec l'ensemble. On sent que la science serait moins apte que la théologie à constituer un état fixe, puisque l'entendement ne saurait jamais prendre pour une vraie résidence une simple échelle, uniquement propre à monter ou descendre entre le monde et l'homme, quand nos besoins l'exigent, et nullement capable de nous fournir un domicile permanent. Il est temps que les véritables théoriciens s'affranchissent, à cet égard, d'une domination dégradante,

afin de pouvoir dignement installer les grandes notions religieuses contre lesquelles la science sera bientôt insurgée avec plus d'animosité que la théologie et la métaphysique, parce qu'elle aspire davantage à perpétuer l'interrègne spirituel. . . . .

. . . .

... Cette douloureuse explication m'interdit de m'étendre autant que je le voudrais, aujourd'hui, sur ma seconde communication relative à la mémorable ambassade de M. Sabatier auprès du chef ignacien, accomplie à Rome le 1er Aristote. Mon éminent employé m'a récemment transmis, à cet égard, une admirable relation, intégralement lue à la Société positiviste le 11 mars, et publiable ultérieurement dans la préface de mon *Appel aux Ignaciens.*

Agissant plutôt en missionnaire qu'en ambassadeur, comme le doivent des organes, même temporels, du Positivisme, il a noblement préparé sa mission spéciale par une incomparable lettre générale, dont il m'a transmis une copie littérale sur la doctrine au nom de laquelle il parle au chef des jésuites. Il l'a surtout caractérisée comme plaçant la *dignité dans la soumission, le bonheur dans l'obéissance et la liberté dans le dévodment.* Mais tout cela n'a nullement frappé, du moins en apparence, son interlocuteur, qui n'était pas son général lui-même, mais son chargé des affaires françaises, le père Robillon, spécialement désigné par M. Beckx pour cette conférence exceptionnelle, ainsi restée jusqu'à présent préliminaire. Encore incapable de devenir un véritable ignacien, ce que le positivisme pourra seul leur inspirer, sous la pression des événements, le chef jésuite a naïvement abdiqué toute vraie prétention au pouvoir spirituel par cette déclaration réitérée :

« Nous sommes de pauvres religieux, étrangers à la politique... Nous ne pouvons accepter aucune ligue qui n'aurait pas pour objet direct le triomphe du nom de Jésus. Nous savons que l'ordre européen peut être gravement troublé ; mais nous n'y pouvons rien, que de nous faire massacrer au nom de Jésus. Soyons amis, mais en agissant chacun de notre côté. » Vous voyez que le positivisme est désormais dépourvu de toute concurrence réelle dans la réorganisation intellectuelle et morale de l'Occident.

Mon éminent organe a fait involontairement sentir aux jésuites, après ce premier contact officiel des deux seules églises organiques, la supériorité, non seulement intellectuelle, mais surtout morale de la nouvelle foi, quant à la générosité des sentiments, l'abnégation de la conduite, et même la politesse des manières. En même temps, rien n'est plus propre qu'une telle épreuve à manifester l'admirable plénitude de la conversion positiviste d'un jeune apôtre, qui, trois ans auparavant, était dans l'état le plus révolutionnaire.

Ma réponse immédiate, en félicitant M. Sabatier, l'a spécialement détourné de toute nouvelle tentative actuelle, à moins que le chef jésuite ne fasse quelque démarche envers lui, ce qui semble peu probable, quoique la proposition formelle n'ait pu même être encore énoncée. J'ai seulement envoyé par la poste à M. Sabatier, pour M. Beckx, le *Catéchisme positiviste et l'Appel aux conservateurs,* avec ma huitième *circulaire.* Nous verrons si cet envoi suscite de nouveaux contacts.

Tout à vous,

Signé : Auguste COMTE.

V

A M. Georges Audiffrent.

Paris (10, rue Monsieur-le-Prince),
le vendredi 23 Archimède 69.

MON CHER DISCIPLE,

L'admirable lettre nouvelle que j'ai récemment reçue de mon éminent disciple romain commence par une indication de l'accueil inespéré que le général ignacien a finalement fait à l'envoi dont je vous parlai, quoique je craignisse même que la douane papale n'interceptât cette transmission postale. Ses remercîments écrits sont vraiment convenables pour M. Sabatier et pour moi, ce qui me fait maintenant espérer que le *Catéchisme positiviste et l'Appel aux conservateurs* seront sérieusement lus au Jésus. Cette négociation naissante n'est donc pas encore ajournée indéfiniment, comme je l'avais d'abord craint; et peut-être ces lectures frapperont assez les chefs actuels du catholicisme pour qu'ils utilisent le séjour à Rome de mon incomparable envoyé, sans attendre la publication, en 1863, de mon *Appel aux Ignaciens,* dont la préface reproduira l'admirable rapport de M. Sabatier.

Tout à vous,

Signé : Auguste COMTE.

VI

A M. Georges Audiffrent.

Paris (10, rue Monsieur-le-Prince),
le jeudi 15 César 69.

Mon cher disciple,

Quant à votre appréciation générale, radicalement saine, de la ligue religieuse, dont la portée n'est bien sentie que par vous, il faut mieux concevoir le vrai caractère d'une telle alliance, où la présidence positiviste ne comporte aucun partage, et doit pourtant respecter l'indépendance nécessaire de chaque élément. La conciliation résulte de ce que l'ascendant du positivisme s'y borne à la portion du public occidental qui représente l'avenir, tandis que les quatre monothéismes subordonnés, catholicisme, islamisme, judaïsme et protestantisme proprement dit, n'agissent que sur les âmes, beaucoup plus nombreuses, mais bien moins influentes, où le passé domine encore. Ils seront naturellement conduits à reconnaître notre suprématie par les mêmes impulsions sociales· qui leur feront finalement souhaiter une ligue religieuse, que le positivisme peut seul instituer et maintenir d'après les affinités spontanées avec ses divers éléments, tous naturellement incompatibles sans cette présidence commune.

Tandis que la ligue du XVI° siècle devait seulement rallier les différentes populations catholiques contre l'imminente invasion du protestantisme, celle du XIX° unira tous les éléments vraiment religieux de l'Occident contre le concert, de plus en plus systématique, des âmes radicalement indisciplinables, dont l'ascendant social tendrait a dissoudre toute religion, et, par suite, tout gouvernement. Si la première ligue ne put réellement durer au delà d'une génération, faute d'atteindre son but, la seconde ne doit aussi fonctionner que pendant ce même temps, parce qu'il sera pleinement suffisant à sa principale destination : la prépondérance décisive de l'esprit religieux d'après l'installation de la foi positive, librement assistée par les diverses croyances caduques.

Nous devons déjà compter avec confiance sur la formation occidentale de cette noble ligue temporaire, parce que l'anarchie mentale et morale va bientôt se développer au point d'attirer la principale attention continue de toutes les âmes honnêtes vers la terminaison directe de l'interrègne religieux. J'ai souvent annoncé que nous sommes seulement au début de cette anarchie, qui ne pouvait pleinement surgir tant que l'ordre matériel était habituellement menacé ; les préoccupations qu'elle suscite tendront à suspendre les dissidences spirituelles devant un péril universellement senti ; quoique cet ordre ne puisse ainsi durer que sous l'assistance continue de laborieux artifices empiriques qui laissent toujours redouter sa prochaine dissolution, son maintien reste pourtant assuré, sauf les orages passagers, par l'infatigable surveillance des divers gouvernements occidentaux qui, surtout au centre, s'efforcent avec un succès qui mérite toute notre reconnaissance, d'étouffer, tant au dedans qu'au dehors, les résultats pratiques des tendances anarchiques dont le traitement ne leur appartient pas. D'après cette précieuse disposition habituelle, principale différence entre les hommes d'État du XIX⁰ siècle et ceux du XVIII⁰, le calme matériel se trouve assez assuré pour permettre le plein développement du désordre spirituel, déjà parvenu, même au sein des familles, à troubler les diverses relations sociales, par une action dissolvante, contre laquelle l'impuissance nécessaire des gouvernements les poussera bientôt à seconder l'organisation religieuse. C'est du libre essor de ces perturbations radicales que surgira, de plus en plus, le besoin de la sainte ligue propre au XIX⁰ siècle, à l'insu même de la plupart de ceux qui deviendront ses membres les mieux dévoués, surtout si mes disciples savent assez remplir, à cet égard, les conditions d'initiative nécessairement liées à leur état systématique, essentiellement stérile jusqu'ici, faute de cœur et de caractère.

Tout à vous,

Signé : Auguste Comte.

VII

A M. Georges Audiffrent.

Paris (10, rue Monsieur-le-Prince),
le jeudi 8 saint Paul 69.

MON CHER DISCIPLE,

. . . .

Afin de mieux encourager votre utile projet local de propagande ignacienne, je dois vous annoncer que votre jeune compatriote, M. Sémérie, a récemment entrepris une tentative équivalente envers le fameux Père Félix, avec lequel il a quelques contacts personnels. Je l'ai directement invité, ces jours derniers, à se donner une meilleure attitude·dans cette relation en s'y posant comme le prolongement spontané de la mission systématique récemment ouverte par M. Sabatier auprès du général ignacien : ce début doit déjà cesser d'être un mystère, en attendant la publicité que lui procurera mon *Appel aux Ignaciens*, en 1863. Vous devez, à plus forte raison, prendre un tel caractère dans ce troisième contact, où je vous engage à faire d'abord lire ma dernière circulaire, et surtout *à représenter le positivisme comme directement résumé par l'utopie de la Vierge-Mère*, qui doit nous rendre spécialement attentifs tous les dignes catholiques des deux sexes.

Tout à vous,

Signé : Auguste COMTE.

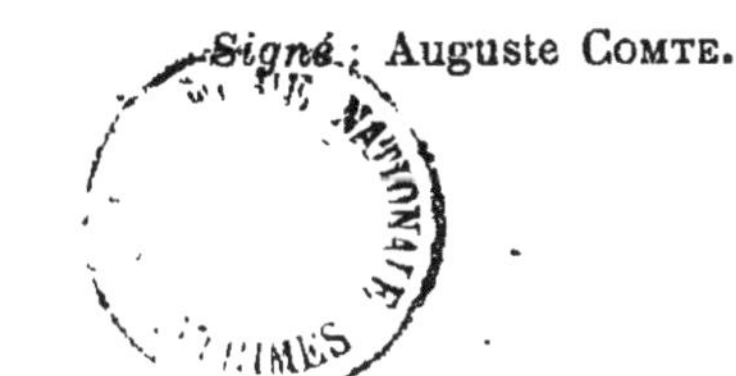

Typographie A.-M. BEAUDELOT, 9, place des Vosges.

PUBLICATIONS POSITIVISTES

Que l'on peut obtenir gratuitement en les demandant à l'une des personnes suivantes : M. Jorge LAGARRIGUE, à Paris, 63, rue Claude-Bernard ; M. Miguel LEMOS, à Rio-de-Janeiro, 7, Travessa do Ouvidor; M. Juan-Enrique LAGARRIGUE, à Santiago du Chili, 9, Moneda :

Circulaires annuelles d'Auguste Comte, 1886.

De M. le docteur AUDIFFRENT : *Le Positivisme des derniers temps*, 1880 ; — *Saint Paul et l'Eucharistie*, 1882 ; — *Le Temple de l'Humanité*, 1882 ; — *La Vierge-Mère*, 1885 ; — *Circulaire exceptionnelle* adressée aux vrais disciples d'Auguste Comte, 1886.

De M. Miguel LEMOS : *Les Rapports de l'Apostolat positiviste au Brésil pour les années* 1884, 1885 *et* 1886.

De M. Juan-Enrique LAGARRIGUE : *Lettre aux positivistes français*, 1885.

De M. TEIXEIRA MENDES : *La Philosophie chimique d'après Auguste Comte*, 1887.

De M. Jorge LAGARRIGUE : *L'Espagne et Calderon de la Barca*, 1881 ; — *Le Positivisme et la Vierge-Mère*, 1885 ; — *Lettres sur le Positivisme et sur la Mission religieuse de la France*, 1886 ; — *Circulaire positiviste*, 1887.

OUVRAGES D'AUGUSTE COMTE

EN VENTE A PARIS, 10, RUE MONSIEUR-LE-PRINCE.

Catéchisme positiviste, in-18.................... 3 fr. 50

Système de politique positive instituant la Religion de l'Humanité, 4 vol. in-8........................... 30 fr. 50

Synthèse subjective, in-8°...................... 9 fr. »

Appel aux Conservateurs, in-8°................. 3 fr. »

Son **Testament**, suivi de ses **Prières quotidiennes**, de ses **Confessions annuelles**, et de sa **Correspondance avec Clotilde de Vaux**, in-8°...................... 10 fr. »

Paris. — Typographie A.-M. BEAUDELOT, 9, place des Vosges.

www.ingramcontent.com/pod-product-compliance
Ingram Content Group UK Ltd.
Pitfield, Milton Keynes, MK11 3LW, UK
UKHW021001230726
13924UKWH00009B/487